ADAPTED BY / ADAPTADO POR
Teresa Mlawer

ILLUSTRATED BY / ILUSTRADO POR
Olga Cuéllar

Goldilocks and the Three Bears

Ricitos de Oro y los tres osos

Adirondack
Books

Once upon a time there was a girl with beautiful curly golden hair, who everyone called Goldilocks. She lived in a small house with a garden near a green forest. Since she loved to help her parents, one day she set out to find wood to build a fire.

Había una vez una niña que tenía un hermoso cabello de rizos dorados, a quien todos llamaban Ricitos de Oro. Vivía en una casita con jardín muy cerca de un bosque verde. Como le gustaba ayudar a sus padres, un día fue a buscar leña para hacer el fuego.

She walked a long way and got lost in the forest. Finally, she came across a log cabin. Since smoke was coming out of the chimney, she figured there must be someone in the house who could help her find her way back home, so she decided to knock on the door.

She waited a while, and after realizing that the door was not locked, she decided to go in.

"Is there anyone at home?" she asked from the hall.

Caminó durante mucho tiempo y se perdió en el bosque. Finalmente, se encontró con una cabaña de troncos. Como salía humo de la chimenea, pensó que debía de haber alguien en la casa que pudiera ayudarla a encontrar el camino de regreso, así que decidió tocar a la puerta.

Esperó un rato y cuando se dio cuenta de que la puerta no estaba cerrada con llave, decidió entrar.

—¿Hay alguien en casa? —preguntó desde el pasillo.

Since no one answered, she decided to go into the kitchen. On top of a big wooden table, there were three bowls: a big bowl, a medium bowl, and a little bowl, all filled with rich and steamy porridge with honey.

Since she was very hungry, she tried the porridge from the big bowl, but it was too hot.

Como nadie contestó, decidió entrar a la cocina. Sobre una mesa grande de madera había tres tazones: un tazón grande, un tazón mediano y uno pequeño, llenos de una rica y humeante avena con miel.

Como tenía mucha hambre, probó la avena del tazón grande, pero estaba muy caliente.

Then, she tried the one in the medium bowl, but it was cold. Finally, she tried the porridge from the small bowl and, since it was warm and very tasty, she ate it all.

Luego, probó la del tazón mediano, pero estaba fría. Por último, probó la avena del tazón pequeño y, como estaba tibia y muy sabrosa, se la comió toda.

Afterwards, she went into the living room and saw three chairs and a bookcase full of books. She decided to rest and read a book while waiting for the owners of the house to return. One of the chairs was very big, one was medium, and one was very small. Goldilocks tried to sit on the big chair, but it was so high that she could not reach it. Then, she sat in the medium chair, but it was too wide and not very comfortable. Then, she saw that the small chair was perfect, but she flopped herself so hard on it that she broke it.

Luego, entró a la sala y vio tres sillas y una estantería llena de libros. Decidió descansar un rato y leer un libro mientras llegaban los dueños de la casa. Una de las sillas era muy grande, una era de tamaño mediano y la otra, más pequeña. Ricitos de Oro fue a sentarse en la silla grande, pero era tan alta que no alcazaba a subirse. Luego, se sentó en la silla mediana, pero era demasiado ancha y no muy cómoda. Después, vio que la silla pequeña era perfecta, pero se dejó caer en ella con tanta fuerza que la rompió.

She then decided to go to the bedroom. There she found three beds in a row: a big bed, a medium bed, and a small bed. Goldilocks was so tired and sleepy that she decided to lie down on the big bed, but it was too hard. Then, she lay down on the middle bed, but it was too soft. Finally, she lay down on the small bed and found it so comfortable that she fell into a deep sleep.

Entonces decidió ir al dormitorio. Allí encontró tres camas en fila: una cama grande, una cama mediana y una cama pequeña. Ricitos de Oro estaba tan cansada y tenía tanto sueño que decidió acostarse en la cama grande, pero la encontró muy dura. Luego, se acostó en la cama mediana, pero la encontró muy blanda. Por último, se acostó en la cama pequeña y la encontró tan cómoda que se quedó profundamente dormida.

While Goldilocks was asleep, the family of bears that lived in the house returned home.

They had gone out for a walk while their porridge with honey cooled down. The Papa Bear was very, very big, the Mama Bear was middle sized, and their son, Baby Bear, was very small. They saw that the door was open, and realized that someone had gone into their house.

Mientras Ricitos de Oro dormía, la familia de osos que vivía en la casa regresó. Habían salido a dar un paseo en lo que se enfriaba la avena con miel. El Papá Oso era muy, muy grande, la Mamá Oso era de tamaño mediano y su hijo, el Bebé Oso, era muy pequeño. Vieron que la puerta estaba abierta y se dieron cuenta de que alguien había entrado en la casa.

When they entered the kitchen, they approached the table.

"SOMEONE HAS TASTED MY PORRIDGE!" said Papa Bear.

"SOMEONE HAD TASTED MY PORRIDGE, TOO!" said Mama Bear.

"SOMEONE HAS EATEN MY PORRIDGE!" cried Baby Bear.

Cuando entraron a la cocina, se acercaron a la mesa.

—¡ALGUIEN HA PROBADO MI AVENA! —dijo Papá Oso.

—¡ALGUIEN HA PROBADO MI AVENA TAMBIÉN! —dijo Mamá Oso.

—¡ALGUIEN SE HA COMIDO MI AVENA! —lloró Bebé Oso.

The three bears were taken by surprise because they always went for a walk before breakfast and nothing like this had ever happened before. They lived in a quiet place in the forest, and the closest neighbors always called before coming by. Cautiously, they decided to check the rest of the house, so they went to the living room.

Los tres osos se quedaron muy sorprendidos porque siempre daban
un paseo antes de desayunar y nunca había pasado nada igual. Vivían
en un lugar muy tranquilo del bosque y los vecinos más cercanos siempre
llamaban antes de venir. Con precaución, decidieron revisar el resto de
la casa, así que se dirigieron a la sala de estar.

When they entered the living room, they saw that someone had moved
their chairs.

"SOMEONE HAS MOVED MY CHAIR!" said Papa Bear.

"SOMEONE HAS BEEN SITTING ON MY CHAIR!" said Mama Bear.

"SOMEONE HAS BROKEN MY CHAIR!!" cried Baby Bear.

Cuando entraron a la sala de estar vieron que alguien había movido las sillas:

—¡ALGUIEN HA MOVIDO MI SILLA! —dijo Papá Oso.

—¡ALGUIEN SE HA SENTADO EN MI SILLA! —dijo Mamá Osa.

—¡¡ALGUIEN HA ROTO MI SILLA!! —lloró Bebé Oso.

Next, they went to the bedroom. When they approached the big bed, Papa Bear said:

"SOMEONE HAS LAID DOWN ON MY BED!"

Then they approached the middle bed, and Mama Bear said:

"SOMEONE HAS LAID DOWN ON MY BED, TOO!"

When they approached the small bed, they saw a girl with golden locks sleeping placidly.

Then, Baby Bear screamed with all his might:

"SOMEONE IS SLEEPING IN MY BED!!"

A continuación, fueron al dormitorio. Cuando se acercaron a la cama grande, Papá Oso dijo:

—¡ALGUIEN SE HA ACOSTADO EN MI CAMA!

Luego se acercaron a la cama mediana y Mamá Osa dijo:

—¡ALGUIEN SE HA ACOSTADO EN MI CAMA TAMBIÉN!

Cuando se acercaron a la camita pequeña vieron una niña de bucles dorados que dormía plácidamente. Entonces, Bebé Oso gritó con toda su fuerza:

—¡¡ALGUIEN DUERME EN MI CAMA!!

Hearing the screams, Goldilocks woke up, and when she saw three bears staring down at her, she got so frightened that she jumped out of the bed and out the window and started running. She didn't stop until she found the way to get back to her house.

Meanwhile, the bears just looked at each other. They couldn't understand why the girl with the golden locks had gotten so frightened. They tried to go after her to find out who she was, but Goldilocks was running so fast that it was impossible to catch up to her.

Al oír los gritos, Ricitos de Oro se despertó y, cuando vio que tres osos la miraban fijamente, se asustó tanto que salió de la cama de un brinco, saltó por la ventana y salió corriendo. No paró hasta que encontró el camino para regresar a su casa.

Mientras tanto, los osos se quedaron mirando los unos a los otros. No comprendían por qué se había asustado tanto la niña de los bucles de oro. Trataron de ir tras ella para ver quién era, pero Ricitos de Oro corría tan rápidamente que era imposible alcanzarla.

When Goldilocks got home, she told the story to her parents and promised that she would not wander far away from home again. That night, before going to bed, and after they read her a bedtime story, she said to her parents:

"I'm very sorry I ate Baby Bear's porridge. Maybe we can invite the bears to come to our house one day and taste Mama's delicious blueberry pie."

Cuando Ricitos de Oro llegó a casa, les contó la historia a sus papás y les prometió que no volvería a alejarse de la casa. Esa noche, antes de dormir, y después de que le leyeran un cuento, les dijo a sus papás:

—Siento mucho haberme comido la avena de Bebé Oso. A lo mejor podemos invitar a los osos un día a nuestra casa para que prueben el delicioso pastel de moras de mamá.

TEXT COPYRIGHT ©2014 BY TERESA MLAWER / ILLUSTRATION COPYRIGHT©2014 BY ADIRONDACK BOOKS

FOR INFORMATION, PLEASE CONTACT ADIRONDACK BOOKS, P.O. BOX 266, CANANDAIGUA, NEW YORK 14424

ISBN 978-0-9883253-5-7   10 9 8 7 6 5 4 3 2 1   PRINTED IN CHINA